SOFIA MARTINEZ

Lista para la foto

por Jacqueline Jules

ilustraciones de Kim Smith

BOOKS
a capstone imprint

Publica la serie Sofía Martínez
Picture Window Books, una imprenta de Capstone,
1710 Roe Crest Drive
North Mankato, Minnesota 56003
www.mycapstone.com

Los datos de CIP (Catalogación previa a la publicación,
CIP) de la Biblioteca del Congreso se encuentran
disponibles en el sitio web de la Biblioteca.

ISBN 978-1-5158-2449-7 (encuadernación para biblioteca)
ISBN 978-1-5158-2459-6 (de bolsillo)
ISBN 978-1-5158-2469-5 (libro electrónico)

Resumen: Sofía siente que, por ser muy parecida a sus
hermanas mayores, nadie advierte su presencia; entonces,
cuando llega el día de la foto escolar, se le ocurre una
forma de sobresalir.

Diseñadora: Kay Fraser

Impreso y encuadernado en los Estados Unidos de América.
010838S18

CONTENIDO

CAPÍTULO 1

El truco de las fotos

Sofía miraba atenta las fotos

escolares del año anterior. Estaban

una al lado de la otra sobre el piano.

—¡Lo sabía! —dijo Sofía—.

¡Estamos todas vestidas de azul!

Las tres hermanas Martínez

tenían cabello oscuro y largo, ojos

marrones y algunas pecas.

Sofía era la hermana menor.
Luisa era la del medio. Y Elena era
la mayor.

Todos decían que las niñas eran
parecidas. A Sofía eso le molestaba.
Quería sobresalir.

—Tengo un plan —dijo Sofía.

Entonces, puso su foto en el portarretratos de Elena y la foto de Elena en el de ella.

—¡Perfecto! —dijo Sofía.

Justo en ese momento, la mamá entró a la sala.

—¡Mira! —dijo Sofía—. Estábamos todas de azul el año pasado.

—Qué lindas —comentó la mamá con una sonrisa.

Eso no era lo que Sofía quería escuchar. Esperaba que la mamá notara el cambio. Pero no lo notó.

Sofía se cruzó de brazos. Debía esforzarse más para que alguien se diera cuenta del truco de las fotos.

CAPÍTULO 2

El gran moño

Esa noche toda la familia fue a cenar. A Sofía le encantaba ver a sus primos, en especial a la bebé Mariela.

Mariela tenía un gran moño en el cabello. Todos se la pasaron hablando de ese moño tan llamativo.

—¡Parece un regalo de cumpleaños! —opinó riendo el papá.

La abuela no podía dejar de
sonreír.

—Qué niña hermosa.

El tío Miguel tomó varias fotos
y se las mostró a todos.

La bebé Mariela tenía toda la atención. Sofía sabía que tenía que acercar a su familia al piano. Allí se darían cuenta del cambio de las fotos.

—¿Mamá? —preguntó Sofía—. ¿Tocas una canción para nosotros?

—Me encantaría —respondió la mamá.

La mamá era maestra de piano. Sabía muchas canciones, y a la familia Martínez le encantaba cantar.

Todos se reunieron alrededor del piano y cantaron y cantaron. Sofía esperó y esperó.

Nadie se dio cuenta del cambio de la foto. A Sofía se le fueron las ganas de cantar. Se fue y se sentó. El papá la siguió.

—¿Qué pasa? —le preguntó el papá a Sofía—. Siempre eres la que canta más fuerte en nuestro grupo.

—No esta noche —dijo Sofía—. Estoy muy triste para cantar.

—¿Por qué? —preguntó el papá.

—Nadie me presta atención —respondió Sofía con tristeza.

—Mi dulce Sofía —dijo el papá—.
Hay mucha gente aquí. No todos te
pueden prestar atención siempre.

—¿Por qué no? Quiero sobresalir.
—protestó Sofía.

El papá se rio.

—¿Como la bebé Mariela y su
moño gigante?

—¡Exactamente! —dijo Sofía.

Sofía se sintió mejor. Gracias al papá, se le ocurrió otra idea.

Le dio un fuerte abrazo al papá, y regresaron al piano a cantar.

CAPÍTULO 3

La nueva foto

El lunes por la mañana, Sofía se levantó temprano. Era el día de las fotos en la escuela. Antes, necesitaba la ayuda de su primo Héctor. Cruzó el patio corriendo para hablar con él. No tenían mucho tiempo.

—Te puedo ayudar, pero no debemos hacer ruido —dijo Héctor.

Héctor y Sofía caminaron en puntas de pie hasta la habitación de Mariela.

—No te olvides de devolverlo —le susurró Héctor—. Es el favorito de mi mamá.

—Gracias, Héctor —dijo Sofía.

Y volvió corriendo a su casa para terminar de prepararse. Era un día especial, y quería que todo fuera perfecto. ¡Sofía estaba ansiosa por sacarse la foto escolar ese año!

* * *

El día en que entregaron las fotos,
Sofía corrió a su casa. La mamá y la
tía Carmen estaban conversando y
tomando café en la cocina.

Sofía pasó corriendo junto a ellas.

—¿Por qué tanto apuro, Sofía?
—preguntó la mamá.

Sofía fue directo a su portarretratos sobre el piano. Y puso allí su nueva foto escolar.

Dio un salto cuando la mamá y la tía Carmen entraron. Las hermanas estaban justo detrás de ellas.

—¿Qué les parece? —preguntó Sofía. Estaba muy orgullosa.

Cuando las hermanas vieron la foto, comenzaron a reírse.

Pero a Sofía no le importó. Le encantaba su foto. El gran moño de Mariela la hacía sobresalir.

—¡Ay, Sofía! —dijo su mamá sonriendo—. ¡Qué hermosa!

¿Cómo conseguiste el moño de Mariela? —preguntó la tía Carmen.

—Héctor me ayudó —respondió Sofía—. No te preocupes. Ya lo puse de nuevo en su lugar.

—Gracias —dijo la tía Carmen—. Y el moño se ve perfecto en tu foto.

—¡Gracias! —dijo Sofía.

—¿Por qué usaste el moño, Sofía? —le preguntó la mamá.

Sofía les contó sobre el cambio de las fotos escolares del año anterior.

—Nunca nadie se dio cuenta —explicó Sofía frunciendo el ceño—. Me veía muy parecida a Elena.

—Ya no —dijo su mamá.

—¡Lo sé! —agregó Sofía entre risas—. Ahora mi foto es especial.

—Siempre lo fue —dijo la mamá—. Mis tres niñas son especiales.

Estiró los brazos para dar un abrazo fuerte a Sofía, Luisa y Elena.

—Te quiero, mamá —dijo Sofía.

—Te quiero, Sofía —respondió la mamá.

Exprésate

1. Sofía quería tener la atención de todos. ¿Te gusta ser el centro de atención? ¿Por qué? ¿Por qué no?

2. ¿La idea de Sofía de usar un moño te pareció buena o ridícula? ¿Por qué?

3. ¿Por qué crees que Sofía quería verse distinta a sus hermanas?

Escríbelo

1. Sofía estaba celosa de la bebé Mariela. Todos sentimos celos a veces. Escribe sobre algún momento en que hayas sentido celos.

2. Héctor ayudó a Sofía cuando ella se lo pidió. Es un buen amigo. Escribe sobre algún momento en que un amigo te ayudó.

3. Elige tres palabras o frases del cuento. Úsalas en tres oraciones.

Sobre la autora

Jacqueline Jules es la premiada autora de veinticinco libros infantiles, algunos de los cuales son *No English* (premio Forward National Literature 2012), *Zapato Power: Freddie Ramos Takes Off* (premio CYBILS Literary, premio Maryland Blue Crab Young Reader Honor y ALSC Great Early Elementary Reads en 2010) y *Freddie Ramos Makes a Splash* (nominado en 2013 en la Lista de los Mejores Libros Infantiles del Año por el Comité del Bank Street College).

Cuando no lee, escribe ni da clases, Jacqueline disfruta de pasar tiempo con su familia en Virginia del Norte.

Sobre la ilustradora

Kim Smith ha trabajado en revistas, publicidad, animación y juegos para niños. Estudió ilustración en la Escuela de Arte y Diseño de Alberta, en Calgary, Alberta.

Kim es la ilustradora de la serie de misterio para nivel escolar medio, que se publicará próximamente, llamada *The Ghost and Max Monroe*, además del libro ilustrado *Over the River and Through the Woods* y la cubierta de la novela de nivel escolar medio, también próxima a publicarse, *How to Make a Million*. Vive en Calgary, Alberta.

Aquí

no termina la DIVERSIÓN...

- Videos y concursos
- Juegos y acertijos
- Amigos y favoritos
- Autores e ilustradores

Descubre más en
www.capstonekids.com

¡Hasta pronto!